# Una Bugia per Amore

Massimo Gallazzi

Prefazione

*"…..Il verme tagliato in due*

*diventa quattro,*

*ancora un altro taglio*

*e si moltiplicano i quattro,*

*e tutti questi esseri creati dalla mia mano?*

*Torna allora il sole nel mio animo cupo.*

*E la speranza rafforza il mio braccio!*


*Se il vermiciattolo non si arrende alla pala,*

*tu sei forse meno di un verme?"*


*Avrom Sutzkever*


Resistere, è il significato di questi versi, ed è forse il motto fondamentale per sopravvivere e non soccombere, per non essere schiacciati, il verme non lo fa, e noi siamo forse meno dei vermi? Il verme resiste alla pala, e anche noi dobbiamo resistere in questa lunga battaglia che è la vita.

Cacciare in gola, anche se non si vuole, pillole amare, rodersi il fegato, ma continuare a lottare, a combattere, a sopravvivere, RESISTERE, per vincere!

Questo libro vuole testimoniare la resistenza di un giovane ai continui ostacoli presenti nel cammino della vita, anche dovendo dire per necessità e sopravvivenza una "Bugia per Amore".

## Capitolo 1

Era un'afosa mattina dell'Agosto 2003 quando Marco decise di partire con i suoi amici per una gita in montagna.

La durata del soggiorno era volutamente ed apparentemente ignota, non quanto la meta, prefissata da tempo.

Tempo. Tempo frenetico, dato l'ardente desiderio del giovine di inserire nella "scatola nera" più profonda il pesante, estenuante anno di studi universitari che si era trovato ad affrontare completamente, beh forse non proprio, solo, come fosse in una fossa di leoni affamati, o di sanguisughe pronte a svenarti, totalmente assetate di "anima" e di "potere".

Aveva lottato duramente, con tutte le sue forze, per l'orgoglio, la dignità, l'onore, l'umiltà.

Ora quindi doveva riprendersi, riacquistare la fiducia persa e pensare finalmente anche un po' a se stesso.

Tutto era pronto quella mattina. Il gruppo dei quindici più esaltato che mai. Pulmino stra carico e sgangherato; c'era solo da sperare che riuscisse a digerire quei tornanti, quella strada tortuosa, così come non aveva mai finito di essere la loro vita.

Ma quel giorno i ragazzi non sembravano preoccupati di affrontare nuovi pericoli, per loro (di lì a breve) sarebbe iniziata una nuova avvincente avventura.

Marco scriveva canzoni. Per se stesso, per il mondo, per l'Amore, per la morte. Portava sempre con sé le sue canzoni, nella speranza che da qualche parte ci fosse qualcuno pronto ad ascoltarle.

Certo, come tutti, (per veder realizzato il proprio sogno) era eccitato al solo pensiero di poter prendere al volo quel treno che l'avrebbe portato ad essere famoso, ne aveva provate tante e non si faceva più alcuna illusione. Quello che contava era che quelle parole, quelle melodie erano sue. Parlavano di sé, degli altri, di mondi e lidi irraggiungibili, di sentimenti irreprensibili, ma soprattutto venivano dal suo cuore, dalla sua anima, dal suo essere. Lui e la musica erano un tutt'uno, un "unicum", come unica era diventata ultimamente ogni cosa creata che lo circondava.

Riusciva ad apprezzare ogni minimo evento, dalla piuma che cadeva leggera dal cielo, alla raggiera solare che all'imbrunire illuminava col suo pallido fascio di luce il fiume, alle falive di neve che a stento, nel primo inverno, imbiancavano quel paese "grigiastro" in cui viveva.

Per Marco era importante la Neve, una parte della sua anima, poiché quando venne alla luce, con tre ciuffi di capelli neri, tra le calde braccia dei suoi due meravigliosi genitori, al di fuori delle mura dell'ospedale un segno di purezza e ingenuità si era compiuto: cadeva la Neve.

E' stato come un annuncio importante, come la nascita e la venuta di un po' di serenità, di umiltà, di purezza, di Speranza.

Quei suoi occhi scuri, gioiosi ma al tempo stesso malinconici..quel sorriso orgoglioso, fiero di essere coccolato da due persone che, come pochi, sanno dare veramente Amore.

Ancora, Marco, non lo sapeva, ma oltre all'amore avrebbe incontrato anche tanto dolore.

Dolore : Musica = Gioia : x

Questa proporzione sembrava calzare perfettamente alla vita di Marco.

Tanto era il dolore che provava quanta era la musica che creava, e tanto poca era la gioia che sentiva quanto grande era la x che desiderava. L'incognita era senza dubbio la Speranza, di trovare la serenità.

Non avrebbe mai immaginato di soffrire così tanto, soprattutto durante la sua infanzia e adolescenza, tanto meno che fosse così difficile essere considerati, accettati, capiti. Non pensava di "essere nato per subire", come alcuni affermavano, in un mondo governato dalla violenza, dalla crudeltà, dall'indifferenza. Chissà, forse era nato per portare "Pace", "Ascolto", "Gioia". Un segno divino?

Sofferenza: Cristo = x : Marco ?

No, forse questa è un po' esagerata ma come si apprende da un detto : " Le vie del Signore sono infinite".

Eppure Marco se lo chiedeva spesso.

<< Bisogna soffrire come Cristo per poi poter essere realmente felici? >>

Questo dilemma se lo sarebbe portato con sé per tutta la vita.

Fino agli anni dell'università Marco non è mai stato coraggioso, anzi, ogni cosa che poteva ricordargli il suo passato lo spaventava. Situazioni ridicole, come un gruppo di adolescenti che camminano per strada la sera (ridendo e scherzando tra loro), una bicicletta abbandonata in una strada isolata…..tutto questo provocava in lui paura e dolore.

Si nascondeva sempre, aveva paura dei mostri, andava a Messa la Domenica alle 8.00 o a quella delle dieci e mezza  mettendosi dietro una colonna delle navate laterali per non farsi vedere da chi gli puntava il dito contro dicendogli "sei nato per subire", da chi invece lo prendeva a sberle gratuite in testa, da chi lo abbandonava in un bosco rubandogli il motorino o la bicicletta, da coloro che non avevano nulla di meglio da fare e lo schernivano in massa.

Si difendeva solo con il silenzio.

Col passare del tempo Marco era maturato. Aveva imparato a convivere con i problemi del suo passato.

Aveva imparato a difendersi con una delle armi più taglienti  al mondo: l'indifferenza. L'aveva sperimentata sulla sua pelle, e sapeva che se utilizzata con astuzia poteva ferire molto. Ma lui non cercava vendetta. Chiedeva solo rispetto.

Tale era dato da una sorta di riscatto per tutte le ingiurie subite ma non ripagate con la stessa moneta, bensì con un disprezzo ironico e sottile che lentamente affondava il suo veleno.

Marco aveva ormai 25 anni ed era stanco di credere che l'infamia, la calunnia potesse ancora raggiungerlo, e fu così che un bel giorno disse basta.

Ma è ancora presto per raccontare quel giorno.

Erano poco più delle 11.00 quando la biologia alimentare dei ragazzi e il motore del grande automezzo con cui viaggiavano avevano manifestato i primi sintomi di cedimento. Il tempo a loro disposizione non mancava, era lo spazio a creare qualche difficoltà, in ogni caso risolvibile perfettamente in modo sportivo, caratteristico dei giovani. Lo spirito di adattamento era fondamentale per sopravvivere in una società, ultimamente sempre meno attenta a certe sottigliezze e sempre più frenetica nel proprio stile di vita, soprattutto nel campo lavorativo.

Si erano rifocillati a bordo del "bolide" e poi avevano proseguito in tutta calma. Cantavano, ridevano, erano entusiasti e finalmente e si sentivano liberi.

Marco sembrava diverso, più tranquillo, rilassato, sereno. Non mancavano momenti di silenzio anche se tuttavia si rivelavano sempre più sporadici.

Marco osservava Mariano, che gli sorrideva senza parlare, ed infondeva col suo sguardo una serenità paterna.

"Tano" era più grande ed aveva aiutato molto Marco, in passato. Si era creato un bel legame anche se, ovviamente, non privo di qualche screzio. Gli screzi facevano bene, erano utili, poiché rappresentavano una testimonianza concreta dell'esistenza di un dialogo, importante per Marco, quasi una "conditio sine qua non" per affrontare la vita.

Silenzio e dialogo sembravano intersecarsi nella vita del giovane, ancora inesperto delle rapide della sua esistenza, seppur così desideroso di viverla intensamente.

Capitolo 2

Era da poco suonato il Mezzogiorno, e Marco e i suoi amici arrivarono a destinazione. Dai quaranta gradi della pianura si era passati a dieci gradi. Faceva freddo ma i ragazzi furono accolti nella baita con grande calore, sia umano sia realmente fisico. La casa era accogliente, abbastanza grande e di stile rustico cui piaceva tanto a Marco. Due grandi stufe scaldavano la cucina e la sala da pranzo, mentre il piano superiore era riscaldato dal Sole.

I genitori di Mariano erano allegri più che mai, due persone adorabili che avevano voluto prestare il loro servizio ad un gruppo di giovani affiatati e affamati. Marco pensava che per loro non sarebbe stata comunque una vacanza rilassante e appena poteva si adoperava per aiutarli nella loro opera.

Il cibo era squisito, anche loro e fin da subito si creò un magnifico clima, di complicità, serietà, condivisione e divertimento.

La sera, verso le 19.00 si celebrò la Messa. Un momento davvero magico per Marco che, in preda ad una viva gioia, non esitò ad emozionarsi. Le lacrime scendevano lungo il suo volto ma non lo solcavano di tristezza, bensì di felicità e serenità. Si sentiva finalmente parte del gruppo, protetto, ed amato.

Mariano celebrò la Messa, in quanto era sacerdote, come lo era un altro amico di Marco: Don Goriot, un prete di colore proveniente dal Benin. Altre due persone squisite. Don Mariano riusciva a trasmettere il valore della Fede in modo così naturale e puro, tale da far crescere il desiderio di incontrare Dio. Don Goriot era l'esempio più bello della forza interiore di un uomo. Marco si sentiva orgoglioso di essere partito per una vacanza con persone semplici e al tempo stesso stimate.

Dopo la cena e una breve passeggiata serale per purificarsi con l'aria fresca tutti quanti tornarono alla base. Era giunto il momento di smaltire la stanchezza accumulata durante il viaggio e si prepararono per la notte.

Marco era contento, eppure qualche lacrima scendeva ancora nell'oscurità. Pregò quella sera, ringraziando il Signore per avergli dato la grande opportunità di vivere una così intensa esperienza.

Sì addormentò poco dopo, non senza prima aver detto in silenzio:

<< Ciao mamma e papà. Vi voglio bene. >>

****

La prova

Il mattino seguente Marco si alzò molto presto. Tutti ancora dormivano, eccetto i genitori di Mariano.. Lì salutò ed uscì dalla casa per perlustrare la zona e respirare aria fresca. Il cielo era terso e nessuna nuvola si era ancora preoccupata di disturbare la quiete paradisiaca delle montagne del Gran Paradiso. Tutto era silenzio, solo il cinguettio di usignoli e lo scorrere del torrente di fronte alla baita.

Marco si chiedeva come fosse nata tutta questa natura incontaminata. Sì, sapeva che era opera di Dio ma si chiedeva quanta onnipotenza avesse Il Suo Signore. Si sentiva felice e allo stesso tempo piccolo, quasi inadeguato a tanta bellezza e purezza.

Osservava la neve lontana, là sui ghiacciai e si domandava se mai avesse potuto raggiungere quella purezza, quel candore, quel bianco d'innocenza che solo i bambini hanno in dono.

Il tempo passò velocemente e Marco rientrò in casa. Mentre lui era rimasto fuori in silenzio in stato contemplativo in casa l'ambiente si era movimentato un poco. Qualcuno era sceso e si accingeva a fare colazione. Decise così di seguire quelle orme e di darsi la carica per la grande scalata mattutina.

Chiese poi quale fosse l'itinerario della giornata e se fosse impegnativo. Lo era.

Tuttavia Marco sì fece forza e non si lamentò di nulla, inizialmente. Anzi, in principio era il primo della combriccola, colui che guidava il suo gregge. Poco dopo dovette però rassegnarsi a trasformarsi in pecora, guidata dal capo branco, Tano, aiutata e incoraggiata poi da uno dei suoi compagni. La salita era faticosa e il fiato mancava. Eppure c'era qualcosa che spingeva Marco ad andare avanti, qualcosa di misterioso. Forse una leggera brezza che aleggiava in quel cielo terso.

Marco in quel momento pensò a Gesù. Come aveva fatto a sopportare la croce durante il suo lungo calvario? Forse la forza del Padre lo aveva aiutato? E perché allora in quei tristi ed interminabili momenti Lui si era sentito solo, tanto da pronunciare poi, alla fine, le sacre parole:

<< Mio Dio, mio Dio, perché mi hai abbandonato?>>

Ebbene, Marco si era come vestito dei panni di Cristo, aveva paura, era stanco, eppure qualcosa lo spronava, una voce silenziosa sotto forma astratta e simbolica gli imponeva di proseguire la strada. Era da un lato molto curioso questo evento, molto strano, e il timore aumentava. Marco non si era mai posto certe domande e fu proprio in quell'attimo che nacque in lui qualcosa di inaspettato, un primo segno di cambiamento.

Non ne parlò con nessuno quel giorno. Non sembrava ancora il momento. Visse la sua magnifica giornata in compagnia e ringraziò il Signore per averlo protetto sulla via del ritorno da un violento temporale che si era abbattuto proprio attorno a loro, quasi volesse avvolgerli in quel vortice di acqua e scariche elettriche, e coinvolgerli in quel turbinio di elettricità, di stimolazione, di paura mista a rabbia.

Rientrati alla base dopo ben nove ore di camminata e novecentocinquanta metri di dislivello, Marco si sentì poco bene. Aveva la febbre, tremava dal freddo, nonostante le due stufe accese ed una doccia bollente. La serata non fu molto allegra per lui. Non mangiò nulla.

Poco dopo andò a dormire, senza avere il tempo di riflettere su quanto accaduto durante il giorno.

Morfeo lo rapì nel giro di pochi attimi per farlo approdare sui suoi lidi pacati.

Quella notte Marco dormì serenamente e profondamente. La stanchezza si era fatta sentire e lui sentiva proprio il bisogno di riposare. Si svegliò l'indomani molto rilassato, anche perché sapeva che sarebbe stata una giornata tranquilla. La colazione sembrava ancor più buona del solito e, nonostante le gambe e la schiena a pezzi, si sentiva in forma e contento. In mattinata tutto il gruppo scese a Cogne, in Val d'Aosta, e tutti si dedicarono alla visita culturale e di loisir del piccolo paesino. La giornata era limpida e il contrasto tra l'azzurro terso del cielo e il bianco candido delle montagne innevate dava risalto a quel grazioso paese ed estasiava tutti i passanti nelle vie del centro e nei prati della periferia.

Nel pomeriggio il sole scaldava i volti della gente che si adagiava sulle panchine a riposare, stanchi per una camminata o semplicemente per chiacchierare. Una dolce brezza rendeva ancora più piacevole la giornata.

La sera, data la nitidezza del cielo, Marco propose di andare ad osservare le stelle in un prato. Sarebbe stato lui a spiegare la posizione delle costellazioni, dei pianeti e il perché della loro esistenza. Aveva fatto tesoro degli insegnamenti di suo padre, appassionato di astronomia. Tutto era perfetto. Si stesero in un prato ed iniziarono ad esplorare l'Universo. Marco, e tutti gli altri, si resero conto, quella notte, di quanto fosse infinito il cielo.

L'Incontro

Dopo una notte di stelle, il mattino seguente il Sole non era ancora sorto quando Mariano e Goriot uscirono dalla baita. Tutti dormivano ancora, tranne Marco. Si era svegliato ed aveva notato movimenti strani. Inizialmente pensò:

<< Andranno a prendere il pane >>

ma era la prima volta che sentiva qualcosa che non andava, un'aria scura che aleggiava tra le stanze e sui loro volti, soprattutto al loro rientro.

Quando la tribù scese ancora addormentata per fare colazione ecco entrare Mariano con gli occhi lucidi, seguito da Goriot, serio, senza neanche un'espressione in viso. Qualcosa di brutto era successo. Tano disse:

<< Ragazzi, purtroppo dobbiamo annunciare con tristezza che è morta la madre di Goriot. La telefonata disturbata di stanotte aveva destato in noi già qualche preoccupazione. Poi poco fa la triste notizia. Ora Goriot, dopo colazione, dovrà ripartire, lo riaccompagnerò io a casa e partirà poi per il Benin. >>

Nessuno fiatò. Tutto ad un tratto, in silenzio e in pochi minuti, Valnontey si trasformò nella "Valle delle Lacrime". I loro volti diventarono improvvisamente fonte di creazione di un grande lago, non di acqua dolce ma salata. Goccia a goccia l'acqua iridea bagnava le tazze che, affrante anch'esse dal dolore, si preparavano a ricevere quelle loro stesse lacrime, mischiandole al sapore ormai forte ed insignificante del caffè, ormai diventato soltanto una bevanda scura inerte. Volevano anch'esse partecipare del triste annuncio dato e riflettere nel loro specchio il pesante spessore della tristezza.

Chi aveva voglia di continuare la colazione?e di andare a fare la gita?

Marco si sentiva perso, come fosse morta sua madre. Non riusciva neanche a guardarlo in faccia, aveva perso la parola. Solo pianti, solo silenzi e pianti.

Venne il momento del saluto e ognuno abbracciò forte Don Goriot. Marco lo strinse con una forza disperata sussurrando piano:

<< Mi dispiace >>

Fu tutto quello che riuscì a dire in quel momento. E Don Goriot gli rispose:

<< Grazie. Buona gita. >>

Lo salutarono tutti con le mani che ondeggiavano, come quando si saluta qualcuno che parte per un paese lontano, con la nave che lo porterà in altri lidi. Purtroppo quei lidi Goriot li conosceva bene. Erano la sua terra, visitata questa volta per un lutto.

****

La camminata stentava a prendere forma, il passo era lento, sforzato, il cuore di ognuno pesante, sembrava quasi il fardello umano che Cristo aveva dovuto portare con sé alla Croce, quel macigno sporco dell'uomo che poi gli è costata la vita. Tutti pregavano in silenzio.

E piangevano, anche se ormai le lacrime non avevano anch'esse più forma. Non usciva più nulla da quegli occhi infranti, da quelle bocche ammutolite. E forse era meglio così, altrimenti, dalla rabbia, sarebbero uscite solo grida, urla contro il cielo e contro colui che aveva lasciato che accadesse una cosa del genere. Marco era arrabbiato, sconcertato. Mentre camminava parlava con Dio e domandava:

<< Signore, io ti ho sempre pregato, e ringraziato per ogni cosa. E' vero, qualche volta ti ho ferito, ho sbagliato e sono persino caduto in tentazione. Ho chiesto il tuo perdono e Tu mi hai perdonato. Ed ora, Signore, perché hai permesso una tragedia simile. Non credo che tu l'abbia voluta, non so...sono confuso. No, Tu sei troppo buono per volere strappare una vita. Perché è successo questo? E perché io mi sento così triste, più degli altri?>>

Non ebbe risposta.

Chiese nuovamente:

<< Ti ho fatto ancora del male, forse? Involontariamente? Se sì ti chiedo scusa. Ti prego, ora fammi smettere di piangere. >>

Ma non ebbe alcuna risposta.

Passò un po' di tempo. Marco e Simona si erano fermati in un prato, mentre gli altri avevano proseguito la salita. Solo dopo qualche ora notò che le lacrime si erano arrestate. Anche Simona, con la sua dolcezza e semplicità sembrava più calma, ed aveva trasmesso serenità anche a lui. Stettero ancora per un po' distesi sul prato e poi tornarono verso casa.

<< Buonasera >> disse Marco varcando la soglia di casa.

<< Ciao Marco, ciao Simona >> dissero la mamma e il papà di Mariano.

<< Volete qualcosa di caldo? Una tazza di te? >>

Marco guardò Simona:

<< Tu lo prendi, Simo? >>

<< Sì, grazie.>>

<< Bene, allora due tè, grazie! Intanto andiamo a farci una doccia bollente. >>

Dopo essersi rinfrancati un poco presero il tè in compagnia di quelle squisite persone, ora in silenzio, ora sorridendo, per stemperare l'agghiacciante atmosfera della giornata.

Mentre beveva il suo tè, Marco respirava profondamente, quasi fino a farsi entrare il vapore direttamente nelle narici, chiudendo gli occhi e facendo sì che le nuvole entrate nel setto nasale raccogliessero i pensieri della mente fino a farli svanire, o condurli in un posto oscuro, isolato.

Attesero il ritorno degli altri e soprattutto di Don Mariano. Poi si misero a mangiare, una cena diversa dalle altre, senza festeggiamenti vari. Solo qualche chiacchiera e poi dritti a dormire.

****

L'indomani era Venerdì. Sarà stato un caso ma Marco si rifece alla storia di Cristo e scoprì che gli eventi quasi coincidevano perfettamente. Non si spiegava ancora il perché ma sembrava che ogni evento di quella vacanza volesse ricordargli la vita e la Passione di Cristo. Proprio così. Prendiamo ad esempio quel giorno. Venerdì.

Venerdì = Venerdì Santo = Gesù morto in croce. Erano le 3 del pomeriggio ed il cielo si era oscurato. Poi si scatenò il diluvio.

Quel giorno il cielo era coperto e i ragazzi decisero di andare a vedere Aosta. Alle 3 del pomeriggio pioveva a dirotto.

Che cosa stava succedendo?Perché Marco riviveva in quella vacanza tutti i momenti della vita di Cristo? Quale nesso poteva esserci tra la sua vita da umile peccatore e la Passione del Salvatore?

Ancora era un mistero.

Sentiva il bisogno di scriverle tutte queste emozioni e coincidenze. Sì ripromise di farlo non appena sarebbero rientrati a casa. Ma la giornata era ancora lunga, nonostante ne fosse già trascorsa più di metà. Le ore scorrevano, ora lente ora veloci, e l'atmosfera si era fatta più rilassata e come paradosso anche più serena. Certo non si misero a ballare in strada, comunque si distrassero quanto basta per dimenticare temporaneamente un evento drammatico.

Rientrarono in serata trovandosi, come al solito e come nobili abituati a farsi servire, la cena già pronta. Marco pensò tra sé quanta generosità, quanto amore, quanta umiltà e straordinarietà dovessero avere i genitori di Don Mariano. Poi li ringraziò personalmente, mostrando loro tutta la sua gratitudine, felicità e stima.

Dovevano ritenersi fortunati, tutti quanti, ad avere avuto la possibilità di trascorrere insieme quella indimenticabile vacanza, per aver stretto nuove amicizie, per aver capito qualcosa in più del mondo.

Marco, dopo cena, si lasciò un po' andare con i suoi amici, divertendosi con qualche partita a carte, qualche canzone e qualche risata.

Rientrato in camera, prima di addormentarsi, ripensò a come si erano svolti gli eventi degli ultimi due giorni e con qualche lacrima ringraziò Dio, ponendogli poi alcune domande:

<< Signore, in questi due giorni ho sentito come non mai un maggiore attaccamento alla Fede, a Te Signore, ti ho sentito vicino, molto vicino. Anche quando è avvenuta la tragedia ti ho visto nei miei occhi, nelle mie lacrime, nel mio cuore. Come mai, così all'improvviso?Quando prima, seppure andassi in chiesa, non mi era mai capitato di pregarti e di parlarti così, come sto facendo ora?

Mi stai forse chiamando, Signore? Non lo so, non capisco, sono confuso >>.

E intanto che aspettava la risposta si addormentò.

Il vortice

Aveva dormito profondamente, Marco, quella notte. Il sole illuminava la stanza da letto fino a aprirgli lentamente gli occhi.

La luce era troppo forte e Marco non riusciva a tenerli aperti. Si mise il cuscino sopra la faccia, contò fino a dieci e poi si alzò di scatto per non rischiare di cadere ancora addormentato. Scese a fare colazione dove incontrò subito la gentilezza, la nobiltà d'animo dei genitori di Don Mariano che gli offrirono immediatamente il caffè e ancora prima la cosa più bella che una persona possa desiderare:un sorriso.

Forse, anzi senza ombra di dubbio, era ancora più buono, dolce  e gustoso del caffè quotidiano. Pensate quando qualcuno è triste, o pensieroso, o preso dai suoi affari, problemi ed improvvisamente, senza aspettarsi nulla, riceve un sorriso da una persona non necessariamente a lui legata geneticamente. Un amico, due persone straordinarie che conosci da poco, dei volontari, chiunque. Che meraviglia guardare i volti della gente che sorride e ti sorride, e poter ricambiare con tutto il tuo cuore, con tutta la tua anima, con tutto il tuo silenzio.

Basta così poco per sentirsi bene, iniziare una nuova giornata in positività, un piccolo gesto, un'impercettibile movimento di mimica facciale.

A Marco veniva l'istinto di abbracciarli, di far sentire che era loro grato per avergli regalato un sorriso, ma si contenne, sorridendo in cambio e dicendo "buongiorno".

Era Sabato e lentamente la settimana stava volgendo al termine. Marco non era più lo stesso. Qualcosa era cambiata. Reagiva ad ogni stimolo a scoppio ritardato, sembrava quasi fosse entrato in un'altra dimensione, quasi vivesse un altro mondo, molto più pacato e al tempo stesso più confuso. Non era in grado di capire cosa fosse. Solo si rendeva conto che era più forte di lui. Sembrava di essere in un vortice, un tornado di forza 5 che lo teneva imprigionato come dentro a gironi dell'Inferno, ma la pena non era così traumatica, si alternavano anche momenti di piacere, di catalessi, di catarsi, di stasi iridee o di fontane di Trevi dai mille zampilli funzionanti soprattutto di notte.

Di giorno, per Marco la vita non aveva quasi più un senso, dopo il tragico evento, e di notte consumava di lacrime il suo viso e le lenzuola, senza ancora un preciso perché.

La vacanza finì in fretta, senza che quasi se ne accorgesse, era preso da altri pensieri, da altri suoni, da altre chiamate. Anche se non sapeva il motivo, sentiva che stava per impazzire.

Questa sua mutazione gli avrebbe sicuramente stravolto la vita sempre più rapidamente. Tornati dalla montagna avrebbe chiesto nuovamente l'aiuto a Don Mariano, domandando quasi un'udienza impellente, perché tanta era la gioia che vi era in lui per qualcosa ancora di poco chiaro ma che iniziava lentamente a capire, tanto era il dolore che lo lacerava. Che cos'era che aveva portato questa mina ad esplodere? Qual era il detonatore pronto a fare a brandelli la sua mente e il suo cuore? Era Dio.

Eh sì. Era proprio Lui quella forza che l'aveva sorretto quando avevano fatto quella gita mozzafiato, quell'energia che lo spingeva ad andare avanti nelle giornate difficili, era Lui quel fulmine a ciel sereno che ha stravolto e travolto la sua vita, a partire dal giorno della morte della mamma di Don Goriot, e che l'ha cambiata per sempre.

Era una cosa indescrivibile, non riusciva a crederci. Quel giorno oltre ad essere triste era anche felice, perché aveva ricevuto una "Chiamata", una "grazia", una benedizione per la vita. Era come se in quel momento Dio avesse scelto lui, tra tanti, per farlo profeta della Sua Parola.

"Era un giorno triste e senza vita e quel giorno lo chiamò".

Secondo il mio io sono troppo remissivo, troppo resistente alle calunnie e alla volontà degli altri.

<< Svegliati!>> mi dice <<Troppo ingenuo, troppo, ingenuo, troppo, troppo! Sei te stesso, e non è una colpa, ma non devi perdere la tua dignità, il tuo onore!>>.

Già…il mio onore.

Forse ha ragione, forse appartengo anch'io alla famiglia dei fagioli, così gustosi da mangiare in padella, così facile preda dell'ironia e della superbia degli imperatori umani, onniscienti, e purtroppo, onnipresenti. Se dovessi fare il calcolo di tutte le volte che ho subito scottature e fritture in pentola….i miei neuroni cadrebbero a terra sfiniti per la fatica e il lavoro immane! Eh la memoria…ancora di salvezza e lama tagliente allo stesso tempo, simbolo di speranza, di fede nella vita, vetro opaco e mal tagliato che annienta la tua lucidità con ricordi, di cui la sola parvenza provoca rabbia, dolore, fino alla morte interiore.

Tante volte avrei dovuto essere…non aggressivo…ma giusto, dignitoso, avrei potuto ottenere una rivalsa nei confronti dei miei padroni e, invece, sono stato zitto, ho ingoiato le maldicenze, amare pillole di veleno senza troppi ma, se, forse, però…L'unica cosa di cui vado fiero in questo momento, e continuerò ad esserlo fino alla fine, fino al giudizio divino, è di non sentirmi per nulla un vinto ma un vincitore! Ho lottato con umiltà fino ad ora, è stata una battaglia estenuante (e magari, in futuro, ce ne saranno altre), piena di sacrifici, umiliazioni, ma ho resistito, ce l'ho fatta. Anche se il veleno mi ha logorato dentro, in fondo al cuore io sento l'orgoglio, la dignità che lentamente emerge, una vittoria che in parte mi ha già portato, e in parte mi porterà, a realizzare il mio sogno: diventare "Qualcuno".

Sì, qualcuno con la lettera maiuscola. Sono di carattere umile, onesto, leale, sincero (pur avendo certo molti difetti) e se questa sofferenza mi condurrà alla libertà allora sarò pronto ad accettarla, se questa sarà la volontà di Dio, allora mi piegherò al Suo volere, al Suo Amore.

Coscienza/incoscienza, razionalità/istinto.

Un binomio certamente che sta alla base delle scelte della vita umana.

Quale di queste sarà la via giusta?Nessuno lo sa, a parte l' "Essenza Increata".

Quale sarà la strada della felicità? E' una domanda senza risposta. Chissà…magari l'abbiamo già vissuta senza accorgercene, oppure è proprio qui che ci aspetta. Qui, dietro l'angolo.

E forse dal buio apparirà una " Chiara Luce".


"Oh, Chiara Luce,

la cui tua essenza è arte,

candore trascendente,

purezza sconcertante

del cui mondo,

il mio destino,

non mi dona di esser parte.

Simbolo di fede,

di amore,

di umiltà,

concetti obsoleti

e troppo astratti,

in questa triste realtà.

Difficile da attribuire,

ad un colore,

la tua sembianza,

per quelle linee sottili

di indefinita parvenza.

Arduo è da scoprire,
il regalo
che per me hai in serbo,
io che sono ancora
un umile frutto acerbo.
Oh, Chiara Luce,
che della serenità
tu sei virtù,
dona un po' di Pace,
per non soffrire più.

E lentamente prende corpo una fotografia, ove mi è concesso, per un attimo, riveder me stesso. Da colori sfumati a chiaroscuri incrociati, tra zone di penombra e campi di erba menta, ove nessuno mi senta, o ascolti il mio passo stanco e rilassato, verde di speranza e grigio sfumato, come l'agonia interminabile di un innocente topo, catturato dall'insidia o dal potere della scienza, schiavizzato da un padrone rapito da ordinaria follia. Solo silenzio, e muri in sordina, e trasparenza, e dialogo, e paura, e serenità.

Mi osservo, in ogni istante. Ogni mio movimento, ogni mio sguardo, ogni mia muta parola, ogni mio silente pensiero, ogni mio silenzio parlante. Mi domando ciò che voglio, verso lacrime d'umiltà, chiedo scusa al Signore per la mia indecisione, incomprensione, la mia ingenuità. Bianco, puro, vorrei diventare, lavato dal rosso di amare realtà. Potessi fermare il tempo, cancellare il giallo dell'invecchiamento. Tutto troppo bello per non essere solo un sogno, tutto entusiasmante di fronte alla grandezza dell'Incolore, così pesante il fardello della rinuncia, ma così facile da sopportare , se si pensa all'amore, al Suo amore, all'Eterno Amore.

Eppure mi stringe un terribile nodo alla gola, un'ansia cosi profonda da alterare, in certi momenti, la mia identità. Attimi di felicità estrema e periodi di dolore incolmabile, anche il mare porterebbe alla tristezza. Dolore per un desiderio di far parte di quell'essenza increata che credo mai potrà essere realizzato. Rabbia per un vuoto che ormai ha perso anche il senso del tempo, per una bramosia sincera (non capricciosa) di servire con umiltà il Creatore del mondo e per fare l'assurdo mestiere della bugia per rendermi felice. Mentire alle persone che amo, nascondere una verità così casta, così preziosa, solo per paura del giudizio e della non accettazione degli altri. Eccolo questo nodo alla gola, che rischia di soffocare i miei sentimenti.

Come allentarlo e stare meglio?

Mi lascerò guidare da Lui, e dalla preghiera.

Ogni istante prego per le persone che mi amano, perché mi diano il loro appoggio e la loro fiducia. Prego anche per quelli che mi odiano, perché rinsaviscano. Non vendetta, solo pietà per loro. Solo pietà.

"Pietà di noi Signore, contro di Te abbiamo peccato".

\*\*\*\*

Il ritorno a casa.

Era l'ora di partire. Tutto era pronto. La baita chiusa. Un ultimo sguardo al Gran Paradiso e poi …

"Au revoir". Marco non parlava. Sembrava come un pesce ammutolito e sorpreso quando veniva fatto prigioniero dall'amo. Senza parole. Aveva gli occhi chiusi e stanchi e cercava di non pensare a nulla. Tutto, invece, risaliva alla mente lo riportava al ricordo di quel terribile giorno.

Quello strano giovedì mattina, pieno di sorprese, negative e positive, ricco di colori, di nero, di bianco, di giallo, di marrone, di verde ma non ancora di blu. L'azzurro doveva attendere, non si sapeva ancora per quanto.

C'era rosso nel cuore di Marco, profondo rosso, rabbia e dolore incolmabile, apparentemente insormontabile. Si stavano allontanando dalla montagna ma a lui sembrava di non stare per lasciarla, anzi, di continuare a scalare e vedeva la cima molto, molto lontana.

Guardava ora di fronte a sé, ora il panorama di lato ma nulla aveva colore per lui.

Quando, per Marco, la vita si sarebbe colorata? In che momento sarebbe stata più accesa, più viva? In quale giorno, attimo, minuto, secondo, egli avrebbe raggiunto il blu?

Ancora non aveva risposte.

Tutto a un tratto Don Mariano sussurrò piano:

<< Marco…. Marco… stai dormendo? >>

<< No >> - rispose in modo molto rassegnato.

<< Allora, ti è piaciuta questa vacanza? E' stata bella vero?>>

<< A parte alcuni inconvenienti, se così si possono chiamare…. Sì è stata bellissima! Indimenticabile! >>

<< Sono contento…. Ci ritorneremo, vedrai!.... Adesso cosa farai a casa? Riprendi l'università? >>

<< Sì, ad Ottobre però…ho ancora 1 mese di libertà….anche se comunque dovrò studiare per gli ultimi esami….mi aspetta Francese. 4…aiuto! È difficile…>>

<< Ma dai….tu sei bravo nelle lingue, no? Vedrai che tutto andrà bene! Abbi fede! >>

<< Eh sì…ci vuole proprio quella…..anche se a volte non basta >>.

<< Vedrai che passerà anche questo periodo, vedrai >>.

<< Lo so Don…. Però non doveva succedere…>>

<< Non si può prevedere quello che Dio ci riserva. Marco, devi reagire! >>

<< Tu mi aiuterai? >>

<< Certo, lo farò! >>

<< Grazie! >>

Don Mariano sorrise e subito dopo calò il silenzio. Marco era stanco e lentamente si addormentò.

Arrivò il momento della sosta in autogrill per il pranzo.

<< Marco… sveglia, dormiglione! Chi dorme non piglia pesci! >> - disse il Don energicamente, scrollando Marco.

<< Eh… va bene, scendo, sono sveglio! >>

Don Mariano rideva.

<< Beh, che hai da ridere? >>

<< Dai, sto scherzando, Marco! Dai, andiamo a rifocillarci! >>

Marco scese dal pulmino e incrociò lo sguardo di Simona.

<< Ciao Simo!>>

<< Ciao Marco! Hai dormito? >>

<< Un po'…non ho molta fame ora…>>

<< L'appetito vien mangiando!>> disse Simona sorridendo.

<< Già.. Ok, andiamo! Prima però devo andare alla toilette! >> e sorrise.

<< Ok , ti aspetto all'entrata del self service! >>

<< Grazie, faccio in un attimo! >>


Andarono alla sala self service e presero qualcosa da mangiare, mentre alcuni cercavano di tenere occupati alcuni posti. Marco non aveva fame ma si sforzò di mangiare.

<< Che hai preso di buono? >> - chiese Don Mariano

<< Niente di che…un risotto "colorato", come dice mio padre… >> - e sorrise.

<< Perché colorato?>>

<< Sarebbe alla milanese, ma mio padre sostiene che lo zafferano non ha sapore e dà solo il colore giallo al riso o alla pasta >>.

Risero. Mangiarono tra una battuta e l'altra per smorzare l'aria funesta. Marco si guardava intorno. Osservava. Tutti, senza commentare nulla, a vuoto. Osservava anche se stesso, le sue mani, il suo volto, i suoi vestiti. Ma tutto sembrava che fosse lì senza un senso. Perché vestiva in quel modo? Perché le sue mani erano così? Perché quando osservava gli altri voleva solo piangere?

Don Mariano guardava Marco e capiva che qualcosa non andava.

<< Che c'è Marco? >>

<< Niente, Don, adesso mi passa. Non ti preoccupare >>.

<< Sicuro? Dai, non pensarci. *Puisque tout passe...*>>

<< *Puisque après tout s'en va !* >> - disse con voce tremante.

E una lacrima gli solcò il viso. Poi sorrise, forse per accantonare per un solo secondo i brutti pensieri. Simona era accanto a lui, e faceva di tutto per distrarlo. Aveva l'enorme potere di trasmettere serenità e gioia. Soprattutto la sua risata era contagiosa, e Marco non si era dimenticato dei bellissimi momenti di spensieratezza e di tranquillità trascorsi con lei. Bastava molto poco, uno sguardo, un sorriso, una partita a carte, una scanzonata con la sua mitica chitarra, e tutto passava. Il suo intermezzo musicale sulle note della *"Canzone del Sole"*, la sua semplicità nel dire e nel fare le cose... davano una grande luce alle giornate ombrose di Marco.

Quando era con lei, egli non sentiva il peso della Croce, il fardello che era costretto a portare.

Non sapeva cosa stava accadendo, alternava attimi di gioia e lucidità a momenti di depressione e follia, con parole smembrate, senza un senso, con la voglia di mollare tutto ciò che fino ad allora aveva costruito con tanta fatica.

Ripreso il viaggio di ritorno Marco cercava di parlare il più possibile, nonostante la stanchezza.

Raccontava barzellette a spettatori svogliati e rassegnati (di questo ne era consapevole), ma anche caritatevoli nei suoi confronti, anche se il sonno calava sui loro volti. Anche sul viso di Marco iniziavano i primi segni di cedimento. Si fece presto sera e dopo lo show regnava finalmente il silenzio. Tutti dormivano, tranne Marco e Don Mariano. Il primo vegliava silenziosamente sul secondo, e il secondo vegliava sul primo e su tutti gli altri suoi "pargoli".

<< Chissà com'è stanco anche lui, anche se non lo fa trasparire... >> - pensò Marco, tra sé.

E si rese conto di quanto quell'uomo, quell'umile Padre aveva a cuore i suoi figli, di quanto aveva fatto finora per loro e di quanto avrebbe fatto in futuro. Marco era in grado di sentire ciò, di carpire la sua umanità, la sua capacità di infondere pace, calore, affetto, la sua anima, così giocosa e pura, a volte un po' ingenua, forse. Un'ingenuità positiva, salutare. Ma anche una serietà misurata quando serviva, una carica, uno stimolo importante per tutti, in particolare per Marco.

Passarono le ore e finalmente in tarda sera arrivarono a casa.

Un abbraccio con i familiari e un augurio di buonanotte a tutti, ringraziando per l'indimenticabile vacanza trascorsa insieme.

Prima di spegnere la luce Marco pronunciò la preghiera della notte:

<< Grazie Signore, per questi intensi momenti. Buonanotte Don, buonanotte amici miei cari. Vi voglio bene! >>

Capitolo 4

Il senso delle cose

Il tempo scorreva lento. Marco aveva ancora qualche giorno di relax, prima di affrontare quattro libri di diritto internazionale da recitare a memoria come una poesia e altri due di storia e civiltà francese. Un bel cocktail per un suicidio! Non ne poteva più, a che cosa gli serviva sapere quali erano i D.O.M. e i T.O.M. ( Dipartimenti e Territori d'oltremare) o l'escalation dei diversi Presidenti della Repubblica della Francia, o che cosa avrebbe ricavato dalla conoscenza di una modifica apportata all'articolo 17 della Costituzione Italiana in merito alle competenze e alla divisione dei poteri tra lo Stato e le Regioni?
Tutto sembrava assurdo. A dire il vero, da quando fece ritorno dalla vacanza in montagna, ogni cosa pareva a lui insensata, ridicola. Qualcosa era cambiato dentro di lui, nel suo modo di vedere le cose, il mondo. Le priorità, tutto a un tratto, sembravano altre. Non passare un esame, non studiare ore ed ore al giorno, non lo svegliarsi alla mattina alle 6.00 e ritornare a casa alle 21, di una giornata

caratterizzata da un'ora di lezione, cinque ore buche, e il colpo di grazia finale dalle 17 alle 18.30, compreso il treno perennemente in ritardo di venti minuti quando la fortuna lo assisteva.

Ora, per lui, solo la preghiera aveva un senso. La Santa Messa, precedentemente ascoltata la Domenica mattina, era diventata talmente importante da essere seguita tutti i giorni. Ogni mattina, Marco, di nascosto dai suoi genitori, andava a Messa alle otto, o se non riusciva pregava tanto il pomeriggio o la sera, e quando poteva accendeva una candela alla Madonna, chiedendo perdono per i suoi peccati e implorando la protezione dei suoi cari e dei suoi amici.

I genitori non mancarono di chiedere a Marco il motivo di queste sue uscite mattutine e lui si limitava a rispondere:

<< Niente, in questo periodo mi sento di andare a Messa tutti i giorni. >>

Pur essendo molto preoccupati, essi si rassegnarono a vedere il figlio ad andare a Messa ogni giorno, e le chiacchiere di paese non tardarono ad arrivare.

<< Eh...questo ragazzo diventerà Prete! >>

Marco non faceva caso a quelle dicerie anche se, inconsapevolmente, la sua mente stava lavorando, facendo suscitare in lui alcuni dubbi, domande esistenziali a cui voleva fosse data immediatamente una risposta. Tuttavia, come cantava John Lennon in una sua canzone….. " *Risposta non c'è, o forse chi lo sa, caduta nel vento sarà".* La risposta non c'era, e sicuramente sarebbe tardata ad arrivare. Allora il giovine sperava nel potere dei segni, piccoli indizi del volere di Dio, e nei sogni, attraverso cui egli poteva comprendere il significato della sua Chiamata e del suo futuro.

****

Marco cercò di riprendere la sua vita di sempre. La mattina, per tre volte la settimana, andava in palestra, non per modellarsi il corpo ma per migliorare il suo stato di salute. Dopo un paio d'ore là dentro si sentiva decisamente meglio e pronto per affrontare una nuova giornata.

In un classico giorno di routine Marco prese la macchina e intraprese il suo percorso verso la palestra. Il tempo non era bello, anzi, era piuttosto cupo e Marco si fece un'idea di come sarebbe stata quella giornata. Invece, in pochi minuti, si ritrovò davanti allo spettacolo più emozionante che avesse mai visto: la neve. Iniziò a cadere qualche falda sottile. Marco non riusciva a crederci.

L'aveva riconosciuta subito. Era nato con lei e conosceva ogni suo movimento, ogni istante di lei. Egli era felice e si rincuorò dicendosi che sarebbe stata una delle giornate migliori della settimana, e della sua vita. Spontaneamente esclamò:

<< Grazie, Signore, perché mi hai regalato la neve >>.

Quella mattina non realizzò quella frase, era troppo intento ad ammirare lo spettacolo bianco che si mostrava davanti a lui. Ben presto però, avrebbe dovuti fare i conti con ciò che aveva esclamato con tanta gioia.

I giorni passavano e il senso delle cose appariva a Marco in modo così diverso, ma così lampante. Iniziava ad apprezzare il gusto per le cose semplici, si sentiva umile, quasi servitore, anche se non sapeva ancora esattamente di "Chi". Stava imparando a scindere le cose frivole da quelle semplici e di senso, era diventato sempre più umile, a tal punto da subirne gravi conseguenze. Per lui stava cominciando una nuova era della sua vita, fatta di gioia, di tristezza, di piacere, di scelte e anche di rinunce.

Questo aspetto di rinuncia prese vita in Marco, anche se in un senso figurato, nel mese di Settembre, quando si iniziarono le prove per la messa in scena di un musical sulla vita di san Francesco d'Assisi, che si sarebbe tenuto in occasione della Prima Messa di un sacerdote suo compaesano. Uno spettacolo entusiasmante ed unico nel suo genere che toccava tutti gli aspetti della vita del Santo, soprattutto la rinuncia, l'umiltà, la fratellanza. La parte di san Francesco era perfetta per Marco, perché incarnava gli stessi sentimenti, le stesse vicissitudini e le stesse emozioni che egli aveva vissuto fino ad allora. Marco fu felice di avere quella parte in quanto attraverso quelle canzoni poteva esprimere il suo pensiero, ciò che lui in realtà voleva e si sentiva di essere. Le prove furono molto dure ma anche molto gratificanti. L'esito finale fu un gran successo e regalò al numeroso pubblico un'ondata di emozioni, dalle risa al pianto, dalla gioia alla tristezza, dalla solitudine alla "comunione", alla condivisione. Certamente tutto questo fu molto importante per Marco, poiché aveva iniziato a prender parte di una vita nuova, diversa, di sacrificio ma anche di benessere psicofisico, di libertà e purezza interiore.

La settimana dopo accaddero due eventi molto importanti: la sua Laurea e il matrimonio di sua sorella Elsa.

Nonostante la stanchezza e la tensione accumulata Marco era ancora carico, pronto per lo sprint finale. Non poteva mollare proprio in quel momento, proprio a un passo dal traguardo…Fino a qualche mese prima la laurea era risultata un ostacolo, uno scoglio da superare anziché una meta da raggiungere con serenità ed orgoglio! Ora invece mancavano pochi passi per arrivare in cima alla vetta.

Il giorno tanto atteso arrivò. Marco aveva paura ma la presenza della sorella e dei genitori lo rassicurarono a tal punto da sembrare un leone affamato che pronunciava voracemente il suo discorso e i suoi desiderata. La commissione appariva come un gruppo di agnelli mansueti pronti ad ascoltare e ad asserire il loro consenso.

Tutto si risolse in uno scroscio di applausi quando il Presidente emise la sentenza:

<< " La dichiaro Dottore in Scienze Turistiche" >>

Che bella sensazione… che felicità…Marco ancora non ci credeva. Aveva conquistato un altro importante traguardo.

Tutti festeggiarono il suo trionfo. Ma il culmine della gioia fu raggiunto qualche giorno più tardi: il matrimonio della sorella.

Bella, incantevole come la principessa delle favole, quel sorriso smagliante sul volto, quella felicità che i suoi occhi infondevano e riflettevano in ogni persona e cosa, persino l'erba era più verde, persino i muri più raggianti baciati dal sole si inchinavano di fronte alla sua mercé e bellezza. Marco non aveva mai visto sua sorella Elsa tanto felice ed era contento per lei.

Piangeva durante la cerimonia, non solo per l'evento meraviglioso che stava accadendo ma anche per la sua situazione. Si sarebbe mai sposato? Quale sarebbe stato il volere di Dio? Quale disegno era stato scritto per lui? Ripensando alla sua vita si sentiva contento e al contempo insoddisfatto. Qualcosa mancava al suo cuore ma ancora nessuna risposta poteva arrivare. Osservava Cristina, l'altra sorella, sua madre, suo padre, tutta la famiglia e si domandava se mai li avrebbe resi felici un giorno, chissà…magari compiendo lo stesso importante passo. Sarebbero stati ugualmente felici se egli avesse intrapreso un'altra strada?

Capitolo 5

Una bugia per Amore

Forse, o probabilmente no, o magari solo all'apparenza per non creargli un dispiacere. Ancora il percorso non era ben delineato, le idee erano certamente confuse. Marco aveva bisogno di più tempo prima di compiere una scelta così importante. Quella veniva chiamata "una scelta di vita", una decisione non facile da prendere, andava ponderata cautamente, senza fretta. Anche se Marco sembrava impazzire.

Era completamente travolto dal vortice. Sentiva sempre una voce interna al suo cuore, un richiamo che addirittura lo tormentava dicendogli:

<< Vieni da me >>.

Ma come faceva ad abbandonare tutti e tutto? Così di punto in bianco? Doveva avere una motivazione molto forte, essere convinto al duecento percento. E lo era. O almeno a lui sembrava. Coloro che lo avevano aiutato a capire meglio se la sua scelta sarebbe stata autentica cercavano in tutti i modi di farlo ragionare, di valutare bene i pro e i contro. Eppure egli non cedeva agli ostacoli.

Abbatteva i muri sempre con estrema e convincente naturalezza. Sarebbe partito il giorno seguente. Il fuoco che bruciava in lui lo aveva reso impaziente a tal punto da sembrare pazzo, da non capirci più nulla, da piangere ogni sera perché egli sentiva il bisogno di unirsi a Dio, anche se ancora non sapeva sotto quale forma. Più volte s'immaginava sull'altare in veste di sacerdote a pronunciare omelie, parole dettate dal cuore ma soprattutto dall'Onnipotente Signore. Si vedeva felice, sereno, nella sua comunità, tra la sua gente. Un giorno sognò ad occhi aperti e potè vedere forse l'immagine più bella che avesse mai visto e desiderato: distribuire la Santa Eucarestia ai suoi amati genitori. Quanto avrebbe voluto che si realizzasse quella sequenza onirica. Avrebbe significato tanto per lui, ossia l'accettazione da parte loro della sua scelta e della fierezza che i suoi occhi mostravano per la sua missione.

Chissà…come era solito dire Marco " Non poniamo limiti alla Divina Provvidenza".

Per chiarirsi le idee decise, anche spinto dalla stanchezza accumulata nell'ultimo periodo, di prenotarsi una Crociera sul Nilo, un premio decisamente allettante e soddisfacente per il raggiungimento del suo traguardo.

Il viaggio di laurea necessitava una preparazione ponderata sia dal punto di vista culturale sia da quello psicofisico. Marco iniziò a guardarsi intorno, a cercare più informazioni possibili sui luoghi che avrebbe visitato ed oltre alle guide e riviste specialistiche usufruì dello strumento tecnologico di comunicazione più potente: Internet. Molto utili riteneva anche i consigli dei suoi genitori che avevano visto l'Egitto anni prima.

Ogni tipo di arricchimento culturale era gradito a Marco. Tuttavia egli sentiva che prima della partenza era necessario purificarsi spiritualmente. Per questo in quel caldo mese di Agosto antecedente il viaggio Marco trovò lo spazio e il tempo per far visita alla Casa del Signore. Si sedeva in silenzio sulla panca e fissava il Crocefisso posto sopra l'altare. Gli parlava con la mente e con il cuore, faceva domande, aspettava risposte e poi si abbandonava a Lui, in contemplazione serena. La sera pregava tanto prima di dormire, chiedendo di illuminarlo sulla Sua volontà.

Erano tempi difficili per Marco, momenti che lo avrebbero spinto alla scoperta della Verità. Una delusione? Una pillola amara da ingoiare e rimpiangere, o una gioia incontrastata e sicura? Arduo era rispondere a questi quesiti. Nel prossimo futuro egli avrebbe solo dovuto aspettare e la risposta sarebbe arrivata da sé.

Prima di affrontare il viaggio Marco sentiva che doveva risolvere una questione molto delicata, ossia mettere a conoscenza i suoi genitori della situazione "traumatica" in cui si trovava e di una sua eventuale "scelta di vita" futura.

In che modo fare emergere l'argomento?

Forse lo fece in modo inizialmente un po' vigliacco ma non vide altra via d'uscita. Sarebbe stato un duro colpo per entrambi parlarne vis à vis. Decise di scrivere una lettera, commovente, straziante e altrettanto sincera. Non nascose i suoi profondi sentimenti di Amore verso di loro. Tuttavia fu costretto a parlare molto francamente sulla sua vita spirituale, sui suoi dubbi, le sue paure nell'affrontare tale scelta. Soprattutto non dimenticò di sottolineare che la sua non era una decisione definitiva bensì solo ciò che in quel periodo sentiva provenire dalla parte più intima del suo cuore. La sua anima si trovava di fronte a un bivio: l'Amore incondizionato per i suoi genitori e la sua famiglia o il totale abbandono all'Amore incondizionato di Cristo. In certi momenti avrebbe voluto sparire, diventare invisibile per non fare soffrire nessuno. Gli sembrava davvero d'impazzire, di non capire più cosa volesse realmente. Dio è così. Ti rapisce, ti avvolge in un turbine di amore senza fine, ti prende e ti lega a Sé per la vita. E' incredibile, nessuno può capire se non lo vive in prima persona.

Marco soffriva tanto. Ringraziava il "Padre dei Padri" per avergli donato la vita, e al contempo era immensamente grato alla sua mamma e al suo papà per averlo dato alla luce. Due vite, dunque. Una divina e una terrena. Entrambe doni incommensurabili, ineguagliabili. Non poteva Amare maggiormente l'Uno o l'Altro. Tutti e due erano importantissimi. Tutti e tre erano parte della sua vita, e mai si sarebbe sognato di abbandonare uno di loro. Se fosse stato costretto a farlo non sarebbe stato certo un reale abbandono ma solo un distacco fisico dovuto all'esigenza di compiere una determinata strada. Un percorso, una "scelta di vita", non una "preferenza d'Amore".


Arrivò presto il giorno della partenza. Marco era agitato, pronto ma al contempo confuso. Prima di uscire di casa, dopo essersi assicurato di lasciare il suo nido per ultimo, appoggiò delicatamente la busta della verità sul tavolo, sorretta da un piatto portante di frutta.

" Per mamma e papà".

Baciò la busta e si avviò alla macchina. Il viaggio e il primo capitolo di una nuova lunga storia iniziarono proprio in quegli attimi. La macchina con mamma e papà accompagnava il corpo di Marco, ma la sua mente aveva già preso un'altra strada. L'assenza era presente e ben visibile, se non interrotta ogni tanto da qualche sorriso ai suoi e parole monosillabiche, vuoi per il sonno, vuoi per la situazione che di lì a poco si sarebbe creata.

Marco non voleva far loro male, voleva solo renderli partecipi del suo caos mentale e della sua gioia. Non smetteva di immaginare la scena quando i suoi genitori avrebbero scoperto ciò che aveva da raccontare. Si sarebbero sentiti traditi, o forse orgogliosi di avere un figlio così profondo e sincero. S'immaginava anche il momento in cui li avrebbe sentiti al telefono, la sera stessa, e faceva fatica a parlare e tratteneva lacrime invisibili per non dare nell'occhio.

Arrivati all'aeroporto Marco cercò di distrarsi un po' e decise, prima del check in, di tirarsi un po' su con un buon caffè espresso. Si sedettero al bar e parlarono del più e del meno. La tensione era diminuita e Marco sembrava più sereno e solare.

<< Ci siamo…. È ora ….>> - disse, come se dovesse andare al patibolo.

<< Ciao Marco, buona viaggio e goditi l'Egitto che è meraviglioso! Ci sentiamo stasera! >>

<< Ciao Mamma, ciao Papà! Grazie! Ci sentiamo! >>

Su tutti e tre i volti apparvero i segni della commozione, in particolare su quello di Marco. Non poteva fare a meno di pensare al gesto che aveva compiuto prima di andare via, si chiedeva come avrebbero reagito alla sua "confessione" e si ripeteva in continuazione con voleva farli soffrire.

In volo si calmò e cercò di riposare un po'. Atterrato, fu subito rapito dalla calda accoglienza egiziana, da odori e colori completamente diversi, forti ma interessanti, caratteristici di quella popolazione.

<< Una rosa del deserto 2 euro! Click, click… >> .

Il click stava ad indicare una penna a scatto. Altre volte chiedevano un cappellino, se non addirittura quello che indossavi. In crociera, all'attracco della nave sulle rive del fiume Nilo, centinaia di ragazzi lanciavano in alto asciugamani ed in cambio si doveva dar loro una moneta da un euro messa dentro in un contenitore vuoto per rullino della macchina fotografica. Sembrava quasi comico, divertente.

Poi pensando, però, alla loro situazione faceva pensare. Eh sì... la è tutto un altro mondo, dove per sopravvivere ti accontenti anche di un euro e a volte devi rischiare anche la tua stessa vita.

Già, più o meno come aveva fatto Cristo. Per far vivere noi ha dato la Sua vita! Non possiamo dimenticarlo.

Di certo Marco non se lo dimenticava mai, anzi....l'aveva ben chiaro in testa. Tanto è che nei momenti liberi, soprattutto la sera, pensava nuovamente al suo bivio, alla sua missione. Doveva accettare di abbandonarsi all'Amore incondizionato di Dio?

Era veramente convinto di quello che provava nella parte più intima del suo cuore?

La stessa domanda iniziarono a porsela anche i suoi genitori, a partire da quella straziante e al contempo meravigliosa telefonata della prima sera in Egitto.


<< Pronto? >>

<< Pronto, ciao Marco, sono il Papà! >>

<< Papà....Ciaooooo ....come va? >> - non sapeva che dire. La tensione dentro di lui continuava a crescere.

<< Tutto bene grazie! Lo dico a te!>>

<< Qui è stupendo, Papà... è proprio tutto un altro mondo..e come voi me lo avevate descritto!! L'albergo è strabiliante! Ed è inserito in un contesto davvero incantevole! Domani facciamo il giro in feluca! >>

<< Ciao Marco!come stai? >>

Dall'altra cornetta sentì la voce di sua madre e subito non riuscì a trattenere l'emozione.

<< Ciao Mamma!!!! Io bene grazie...qui è una meraviglia!! Ci voleva proprio! Avevo bisogno di distrarmi un po'... >>

<< Senti Marco, quando siamo tornati da Verona abbiamo poi trovato sul tavolo una busta con scritto: per mamma e papà. L'abbiamo letta, siamo rimasti un po' sorpresi...ne parleremo poi quando tornerai a casa. Hai scritto alla fine " vi voglio tanto bene", anche noi te ne vogliamo tanto! E ricordati che tu della famiglia sei il più forte e siamo orgogliosi di te! Ora goditi la vacanza e non pensare a questo! >>

Marco non riusciva a dire più niente..E stato meglio che non avessero visto le condizioni in cui era in quell'istante e le lacrime che bagnavano il pavimento in marmo. Riuscì a stento a pronunciare:

<< Va bene, grazie! Un bacio! Ciao papà! Ciao mamma! Ci sentiamo domani >>.

<< Ciao caro, buonanotte! >>.

Marco era distrutto, ma cercò di seguire il consiglio di suo padre. Nei giorni a seguire accantonò questi suoi pensieri e sì lasciò andare alla scoperta della bellezza di questo Paese, della sua gente, dei suoi templi, della sua natura, assaporando in ogni cosa la presenza di Colui che aveva dato origine a tutto questo.

Ben presto arrivò il giorno del rientro. Atterrato all'aeroporto di Malpensa, Marco riabbracciò caldamente i suoi genitori, più rincuorato, più sereno e anche più abbronzato. Mamma e papà erano felicissimi di vederlo ed intrapresero insieme un viaggio di ritorno rilassato, disteso e fatto di racconti e ricordi piacevoli di quel meraviglioso e meritato "premio di Laurea".

Trascorsero giorni sereni ma poi il momento della verità arrivò.

Con estrema calma e sincerità Marco iniziò a raccontare loro come era avvenuta la sua "Chiamata". Non fu per niente facile ma alla fine i suoi genitori compresero appieno i suoi dubbi, le sue paure e le sue convinzioni. Certo ebbero alcune riserve (come avviene in tutte le discussioni) ma per fortuna avvenne tutto in modo pacifico.

Per tranquillizzarli ancora maggiormente, decise, d'accordo con loro, di invitare a pranzo, uno dei giorni seguenti, Don Mariano. Con lui tutto sembrò più semplice a Marco, e anche in quell'occasione spiegò che la sua non era una scelta definitiva, era solo un sentimento molto forte che provava in quel momento e che doveva verificare (anche se nel suo cuore sentiva sempre autentico). Disse inoltre che mai avrebbe voluto ferirli e di non prendere la sua potenziale decisione come una punizione per qualcosa che non gli avevano dato o concesso. Ribadì che erano genitori straordinari e che non poteva chiedere di meglio e che li avrebbe amati per sempre. Ecco perché era stato costretto a mentire, a dire cose non vere (che non avrebbero comunque fatto mai male), a pronunciare quella piccola "Bugia per Amore".

www.ingramcontent.com/pod-product-compliance
Lightning Source LLC
Chambersburg PA
CBHW070809120626
46557CB00002B/787